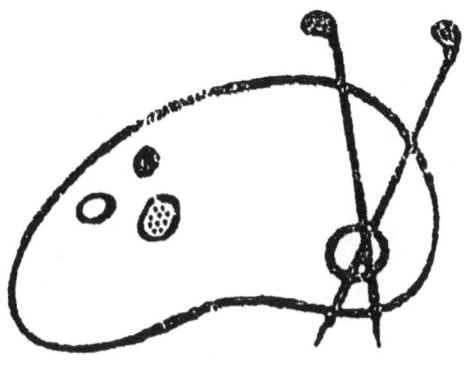

Début d'une série de documents
en couleur

COUVERTURES SUPERIEURE ET INFERIEURE D'IMPRIMEUR

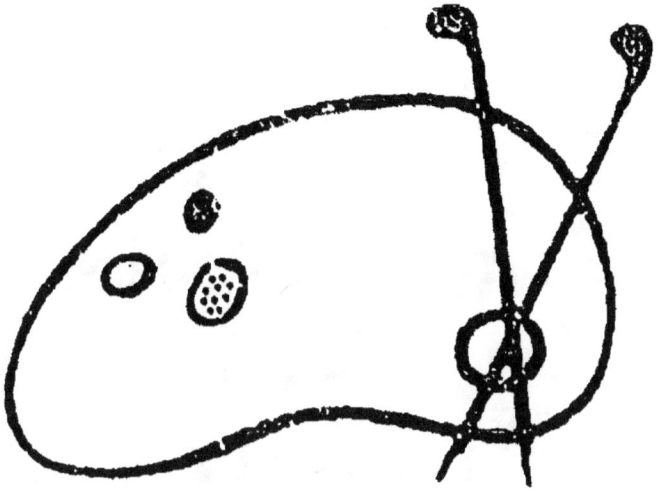

Fin d'une série de documents
en couleur

LES DEUX COUSINS

6ᵉ SÉRIE IN-12.

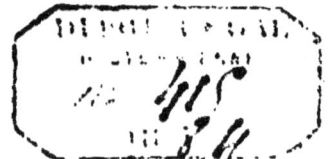

RÉCITS DU GRAND-PAPA

LES

DEUX COUSINS

PAR

Mme EUGÉNIE FOA.

LIMOGES

EUGÈNE ARDANT ET Cie, ÉDITEURS.

RÉCITS
DU GRAND-PAPA

LES DEUX COUSINS

Philippe Garlot, ouvrier charpentier, habitait, avec sa famille, une petite maison d'un des faubourgs de Rennes. Bien différent de la plupart des gens de sa profession, on ne le voyait jamais ni au jeu, ni au cabaret. Aussitôt sa journée terminée, il rentrait paisiblement chez lui et travaillait encore une partie de la nuit, afin de soutenir son vieux père infirme, sa femme et deux enfants en bas âge; mais, malgré son zèle et son activité, il ne pouvait parvenir à leur procurer les choses les plus indispensables à la vie.

Un jour qu'il revenait de l'ouvrage, triste,

pensif, cherchant dans son esprit par quel moyen il pourrait apporter quelque soulagement à sa famille, il entend crier : Au feu ! On était alors au mois de janvier ; le froid était excessif, et peu de personnes se décidaient à quitter leur logis pour aller se risquer au milieu des glaces et des neiges. Quelques hommes seulement, en veste comme lui, se dirigeaient du côté où était le danger. Philippe, guidé par les étincelles qu'il voyait s'élever dans les airs, se met à courir dans cette direction et arrive en peu de temps sur le théâtre de l'incendie.

Que devint-il, grand Dieu ! La maison était celle qu'habitait sa tante Pichard, une sœur de son père. L'incendie s'était déclaré avec une telle rapidité, que la malheureuse femme n'avait pas eu le temps de fuir. Son fils venait d'arriver sur les lieux et s'était précipité à travers les flammes au secours de sa mère. chacun attendait dans une muette anxiété le résultat de cette tentative, mais ni l'un ni l'autre ne reparaissaient, et personne n'osait s'exposer pour eux.

Philippe, ne consultant que son courage, saisit une échelle, pénètre dans la maison par une croisée dont les supports étaient déjà tout en feu, et, au risque d'être enseveli sous les décombres, ramène sains et saufs sa tante et son cousin.

—Rassurez-vous, ma bonne tante, lui dit Philippe, vous voilà sauvée; le bon Dieu ne vous abandonnera pas; venez, vous trouverez toujours chez moi un asile et du pain. Viens aussi, Antoine, ajouta-t-il en tendant la main à son cousin.

Celui-ci menait une vie fort dissipée. Philippe, un jour, lui avait fait de vives remontrances, et, depuis ce moment, Antoine avait cessé de le voir.

—Philippe, lui dit-il, je t'appartiens maintenant; que veux-tu que je fasse?

—Suis-moi, et songeons à ta mère.

Arrivé chez lui, Philippe installa ses nouveaux hôtes le mieux qu'il put. Antoine ne savait rien faire; entraîné par de mauvais exemples, il avait toujours fui le travail; mais quand il se vit sans habits, sans argent, à la charge d'un cousin envers qui il se sentait coupable, alors il regretta bien amèrement le temps passé dans l'oisiveté. Heureusement il avait bon cœur : il comprit tout ce qu'il y avait de

générosité, de dévouement dans la conduite
du Philippe ; il rougit des privations qu'il s'im-
posait pour lui.

— C'est indigne à moi, se dit-il un jour ; à
mon âge, à vingt-cinq ans, vivre aux dépens
de ce bon Philippe ; non, non, je ne dois pas
accepter un pareil sacrifice : je partirai,
mais au moins mon départ sera utile à mon
bienfaiteur. Depuis longtemps il ruminait un
projet ; en parlant ainsi, son parti était pris ;
il jura de le mettre à exécution. Le lendemain,
il s'absenta toute la journé ; quand il reparut
le soir, la joie brillait sur son visage.

— Philippe, dit-il, viens avec moi, j'ai à te
parler.

Ils sortirent de la ville.

— Où me mènes-tu ? lui demanda Philippe
en le voyant entrer dans un ja...din où l'on
donnait à boire. Tu sais bien que je ne vais
jamais dans de pareils endroits.

— Viens, te dis-je, c'est peut-être la dernière
fois que nous boirons ensemble.

En disant ces mots, ils s'assirent à une table
plantée sous un tilleul, et sur laquelle on leur
servit une bouteille de cidre.

— Mon cher Philippe, dit Antoine quand

ils furent seuls, parle-moi franchement, je l'exige.

— Et sur quoi? reprit Philippe.

— Écoute-moi; tu es un garçon rangé, laborieux, qui travaille jour et nuit pour nourrir ta famille; malgré cela, la gêne est grande dans ta maison; pourtant tu m'as recueilli chez toi, tu me nourris, tu m'habilles, moi qui ai repoussé tes avis, moi qui ne suis bon à rien...

— Si c'est pour cela que tu m'as amené ici, dit Philippe en l'interrompant, laisse-moi m'en aller.

— Non, fit Antoine, j'ai besoin que tu m'entendes jusqu'au bout. Je te disais donc que je n'étais bon à rien, et ce n'est pas étonnant, je n'ai jamais voulu rien apprendre; mais je réfléchis quelquefois, et voilà ce que je me suis dit l'autre jour: — Philippe est un bon ouvrier, adroit, intelligent, économe, qui, j'en suis sûr, réussirait très-bien s'il était à la tête d'un atelier lui appartenant, et qu'il dirigerait pour son propre compte; alors il serait heureux, car il pourrait donner des soins à son vieux père, élever sa femme ses et enfants.

— Oh! sans doute, s'écria Philippe, mais c'est impossible.

— Peut-être, dit Antoine : la bonté de Dieu est infinie ; c'est quelquefois d'un être nul sur cette terre qu'il se sert pour instrument de sa justice.

— Mais où veux-tu en venir ?

— Un peu de patience ; m'y voici. Dis-moi, le fonds de maître Sorret est bon, je pense ?

— Le fonds de mon bourgeois ? c'est le meilleur de Rennes.

— Ainsi donc, s'il t'appartenait, tu l'estimerais très-heureux ?

— Sans doute, mais le moyen ?

— Que sait-on ? On est venu à bout d'affaires bien plus difficiles que celle-là.

— Je ne te comprends pas.

— Je vais donc m'expliquer plus clairement, ce soir je suis allé le trouver, le père Sorret :
— Père Sorret, lui ai-je dit, vous cherchez quelqu'un à qui vous puissiez, en toute assurance, céder votre fonds ?

— Oui, me répondit-il.

— Philippe Gariot ferait-il votre affaire ?

— Philippe Gariot ? me répondit-il, c'est le

plus honnête et le meilleur de mes ouvriers ; je le lui céderais de bien bon cœur.

— Quelle somme faudrait-il pour cela.

— Quinze cents francs.

— Touchez là, lui dis-je, c'est une affaire faite.

— Mais tu n'y penses pas, Antoine. Où veux-tu que je prenne cette somme ?

— Ceci me regarde : la chose est toute facile, comme tu vas le voir.

Une dame demandait un remplaçant pour son fils, que le sort avait désigné. Je savais cela : je m'étais offert ce matin, et, séance tenante, le marché avait été conclu ; le voici. Voici également le traité avec maître Sorret, signé de lui ; apposes-y ta signature, et, quand tu le voudras, tu pourras prendre possession de l'établissement.

— Comment ! Antoine, s'écria Philippe, tu as fait cela ! et tu crois que j'y consentirai ?

— Il n'y a plus à reculer maintenant, je suis inscrit, et, dans huit jours, le régiment part pour Alger. D'ailleurs, l'état militaire est le seul qui me convienne ; là, du moins, il y a de l'avenir pour tous, et si les balles des

Bédouins ne viennent pas m'arrêter, je te réponds que je ferai mon chemin.

— Mais, mon ami, je ne puis accepter cette somme.

— N'ai-je donc pas accepté tes bienfaits, moi ? C'est mal ce que tu dis là, Philippe ; et si tu me refuses, je croirai que tu me méprises trop pour recevoir quelque chose de moi.

— Moi, te mépriser, Antoine ! Oh ! tu ne le penses pas ! et, s'il le faut, pour t'en donner l'assurance, j'accepte ; mais j'y mets une condition.

— Laquelle ?

— Cet argent me portera bonheur, j'en suis sûr. Eh bien ! promets-moi que, si la fortune m'est favorable, tu viendras, à ton retour, la partager avec moi.

— Je te le promets.

— Moi, je jure de veiller sur ta mère, de la servir, de l'entourer de soins

— Merci, mon ami, merci ! Maintenant scellons notre serment. Madame Leroux ! madame Leroux ! cria Antoine.

Madame Leroux parut.

— *Une bouteille de votre meilleur vin !*

— Tout de suite, Messieurs !

Un instant après, madame Leroux revint avec une vieille bouteille de chablis, qu'elle posa sur la table, et se retira.

— A ta prospérité, Philippe!

— A tes succès, à ta gloire future, Antoine!

— Maintenant, à notre amitié, qui ne périra jamais! dirent-ils tous les deux à la fois.

Après ce troisième toast, les deux amis se jetèrent dans les bras l'un de l'autre, et reprirent gaiement le chemin du logis.

Le lundi suivant, Philippe alla prendre possession de l'établissement de maître Sorret.

C'eût été un jour de joie pour la famille, sans le départ d'Antoine, qui devait avoir lieu le soir même. Mais cette circonstance les affligeait tous.

— Allons, allons! pas de tristesse, dit gaiement le bon jeune homme; remercions plutôt la Providence; une carrière honorable n'est-elle pas ouverte devant moi?

Pourtant son émotion faillit le trahir quand arriva le moment de la séparation; sa mère pleurait en le pressant sur son cœur.

— Consolez-vous, ma bonne mère, vous me

reverrez encore. Adieu, Philippe! Adieu, mes bons amis! Je reviendrai, soyez-en sûrs, leur cria-t-il en s'éloignant.

Il était temps; ses yeux se gonflaient de larmes, qu'une fois éloigné il ne chercha plus à retenir.

Ainsi que l'avait prédit Antoine, Philippe prospéra; il devint riche. Ses enfants grandissaient sous ses yeux; son vieux père et la mère de son ami se portaient à merveille. Rien ne manquait à son bonheur, si ce n'était la présence de celui à qui il le devait.

Plusieurs années s'écoulèrent dans cette douce sécurité.

Un jour, à la fin du dîner, Philippe se lève de table, et s'avance, un gros bouquet à la main, vers la mère de Pichard :

— Bonne fête! ma tante, lui dit-il.

C'était, en effet, la fête de la bonne femme, que tous les ans on souhaitait ainsi.

La jeune femme, les enfants vinrent tour à tour offrir leur front à baiser, et les fleurs d'usage; jusqu'au père Gariot qui se leva pour embrasser sa sœur.

— Et moi, et moi! cria une voix qui se fit entendre de la pièce voisine.

C'était Antoine!

— Bonne fête! ma mère, dit-il en se précipitant dans ses bras.

Ce ne fut qu'un cri de surprise : l'heureuse mère pleurait de joie, les petits enfants sautaient de plaisir, tandis que Philippe serrait dans les siennes les deux mains de son ami.

— Tu le vois, lui dit Antoine, j'ai fait mon chemin.

Antoine était capitaine ; la croix d'honneur brillait sur sa poitrine.

— Ma sœur, dit le père Gariot, c'est un bien beau jour que celui-ci !

— Oui! mais celui de la séparation...

— Jamais, ma mère! s'écria Antoine en montrant sa jambe gauche : les Bédouins ne l ont pas voulu.

— Pauvre Antoine !

— Dites donc heureux... puisqu'il ne vous quittera plus !

Tonin CASTELLAN,

LE PARJURE

Une forte brise du large retenait depuis quinze jours la *Jeune-Créole* dans le port de Paimbœuf. Les vents venaient de passer tout à coup au nord-est, aussitôt le léger navire déploya ses blanches voiles afin d'être prêt à s'élancer au premier signal du capitaine.

— Bon voyage, Paul, dit Emmanuel Riol en descendant dans le canot qui devait le conduire à terre.

— A la grâce de Dieu ! répondit celui-ci ; mon ami, je te recommande ma fille.

— Sois tranquille, je veillerai sur elle.

Emmanuel Riol, riche armateur du pays. frétait pour une somme considérable le joli navire, de compte à demi avec Paul Duhaynin, qui en était à la fois le capitaine et le propriétaire. Tous deux, fils de négociants de Nantes, avaient été intimement liés dans leur jeunesse ; mais depuis vingt-cinq ans que leur position commerciale les avait séparés, ils ne s'étaient rencontrés qu'à de rares intervalles, et ce jour-là ils se quittaient encore pour ne se revoir qu'après bien des années.

Pendant ce temps, l'équipage était à la manœuvre. Le capitaine, debout sur la dunette, donnait ses ordres, tout en suivant des yeux M. Riol qui s'éloignait à force de rames. Tout à coup, un cri lui échappe ; il lève la tête, et, s'adressant aux matelots montés sur les haubans : — Deux hommes de bonne volonté, leur dit-il. Puis il se précipite dans les eaux.

Le canot, dans sa marche rapide, venait de heurter contre le câble d'un navire que l'obscurité naissante avait empêché d'apercevoir. Le choc avait été terrible, la frêle embarcation avait chaviré.

Les deux hommes qui la conduisaient s'empressaient de regagner à la nage la rive la plus proche, sans s'inquiéter de leur compagnon d'infortune. A la vue du danger que courait son ami, Dubaynin n'avait consulté que son cœur. Il arriva au moment où l'infortuné, après s'être vainement débattu contre le courant, disparaissait sous les flots. Deux fois il plonge, mais sans succès ; la troisième fois il le saisit enfin, et, aidé des deux matelots qui l'avaient suivi, il le ramène à son bord.

Le malheureux ne donnait aucun signe de vie. Cependant, grâce à de prompts secours, il ne tarda pas à reprendre l'usage de ses sens. Son premier mouvement fut d'ouvrir les bras à son sauveur. Paul répondit à cet appel, et, le pressant sur son cœur : — Du courage ! lui dit-il ; te voilà sauvé.

En effet, toutes les craintes avaient disparu.

— Mon ami, dit Emmanuel, tu vas partir peut-être pour longtemps ; comment t'exprimer ma reconnaissance ? Il me serait pourtant si doux de pouvoir te la témoigner autrement que par des paroles ! Avant de nous séparer, dis-moi, Paul, que puis-je faire pour toi ?

— Veille sur ma fille, mon ami : la fortune peut me trahir ; s'il en était ainsi, sois son père, son appui, et tu acquitteras au-delà la dette que tu crois me devoir.

— Je te le jure, mon ami, elle sera ma fille ; je jure, quoi qu'il arrive, de ne jamais l'abandonner, et que Dieu m'accable de tous ses maux si je manque à mon serment.

— Merci, mon ami, et que Dieu te bénisse, dit Duhaynin. Maintenant, il faut nous séparer.

Il reconduisit lui-même M. Riol à terre ; là, les deux amis s'embrassèrent encore une fois, et une demi-heure après la *Jeune-Créole* voguait à pleines voiles.

A son retour à Nantes, M. Riol raconta à sa femme l'accident dont il avait failli être la victime, et la promesse qu'il avait faite à son sauveur. Dès ce moment, Lucile fut retirée de pension : elle avait douze ans alors. On lui donna les meilleurs maîtres de la ville. La jeune fille se développait sous les yeux de ses nouveaux parents comme une tendre fleur aux rayons du soleil. Aussi douce que belle, chacun se sentait entraîné vers cette frêle créature, qui semblait ne passer sur la terre que pour regagner bien vite le ciel.

Cependant, deux ans, trois ans s'écoulèrent et Duhaynin n'écrivait pas. Lucile, effrayée de ce silence, pleurait en secret : elle redoutait un malheur, et avec cette pensée, le chagrin avait pénétré dans le cœur de la pauvre fille. Enfin, une lettre arriva ; elle était datée du cap de Bonne-Espérance : « Mon ami, écrivait

» M. Duhaynin, je revenais de Bombay avec
» une cargaison dans laquelle j'avais mis non-
» seulement tous les fonds que j'ai touchés à
» Bourbon, mais encore tous ceux que je pos-
» sédais. Le sort m'a trahi, j'ai tout perdu
» sur ces rivages; la mer m'a tout emporté,
» mon navire et mes rêves d'avenir. Je pars
» sur le *Memnon* qui rend à Saint-Pierre; il
» me reste encore là une propriété que j'ai
» eue de ma femme; mais abandonnée depuis
» six ans aux soins d'un régisseur esclave,
» elle doit être aujourd'hui sans produit, sans
» valeur : c'est pourtant ma seule planche de
» salut. Toute modeste qu'elle était, cette
» propriété aurait pu sauver ma fille de la
» misère; mais tu ne l'abandonneras pas,
» Emmanuel, tu la protégeras contre son
» désespoir, et j'appellerai sur ta tête la béné-
» diction de Dieu. »

M. Riol cacha pendant quelque temps cette
nouvelle à Lucile; il fallut pourtant la lui
apprendre.

— Ma chère enfant, lui dit-il, armez-vous
de courage, j'ai à vous révéler un grand malheur.

— Mon père a péri? s'écria Lucile.

— Oh! non; mais la fortune est bien inconstante, vous le savez : votre père vient d'en faire la cruelle expérience; il a tout perdu, il n'a plus rien.

— Mon pauvre père! dit Lucile. Les sanglots étouffèrent sa voix.

— Votre père, continua M. de Riol, est retourné à Saint-Pierre réaliser, s'il est possible, un bien qu'il a acquis de votre mère; mais réussira-t-il? Qui le sait? Qui peut dire où s'arrêteront les rigueurs du sort? Il est donc sage, Lucile, de se prémunir contre ses coups; vous êtes jeune, il faut chercher dans le travail des ressources contre l'infortune. Une dame de mes amies désirerait avoir auprès d'elle une personne dont les soins...

Lucile leva ses grands yeux sur M. Riol, qui ne put soutenir ce regard.

— Une condition ? dit-elle.

— Oh! très-douce, je vous jure; madame Déblieux est la bonté même, vous serez très-heureuse avec elle.

— Oh! Monsieur! fit la pauvre fille en se couvrant le visage de ses deux mains.

— Il le faut, ajouta M. Riol après un moment de silence ; la nécessité le commande.

— J'obéirai, dit l'infortunée. Vous aussi, monsieur Riol, vous m'abandonnez ! Elle s'éloigna en prononçant ces mots.

Le lendemain, Lucile était femme de chambre chez madame Déblioux.

Trois ans se passèrent pendant lesquels Lucile, sans nouvelles de son père, priait tous les jours le bon Dieu de la rappeler à lui.

Tout à coup, les revers les plus épouvantables vinrent fondre sur M. Riol. Trois navires, venant des Indes, chargés d'indigo, périrent sur les côtes de France ; il y en avait pour plus de trois millions : c'était plus qu'il ne possédait ; il se trouva dans l'impossibilité de parer à ce désastre, il fut complètement ruiné. Ses amis l'abandonnèrent comme il avait abandonné les siens dans l'adversité. On se souvient alors de quelle ingratitude il avait payé celui qui l'avait arraché à la mort, tout le monde fut sans pitié pour lui ; il voulut voir Lucile, lui demander pardon : elle n'était plus à Nantes. Un jour un homme était venu la demander ; et depuis elle n'avait pas reparu. Son fils, jeune homme de vingt-deux ans. sur lequel il fondait les plus belles espérances, poussé par le désespoir, s'était em-

barqué comme pilotin à bord d'un navire qui
partait pour l'Amérique, ce navire avait péri.
Riol se trouva donc seul avec sa femme,
poursuivi par ses créanciers qui l'eurent bientôt réduit à la misère la plus affreuse, sans
autres vêtements que ceux qu'ils avaient sur
eux, sans autre asile que celui que leur offrait
une maison de refuge où ils étaient pêle-mêle
avec des mendiants moins à plaindre qu'eux.
Et comme si le ciel eût voulu mettre le com-
ble à ses rigueurs, Riol, le parjure, perdit la
vue. On les voyait dans les rues de Nantes
implorer la charité des passants, lui, conduit
par un chien et jouant du violon, elle, chan-
tant des chansons qu'on lui achetait par pitié,
trop heureux quand ils ramassaient assez
pour acheter un morceau de pain.

Il y avait un an qu'ils traînaient ainsi leur
misérable vie; Riol avait vieilli de vingt années, lorsqu'un soir, en passant devant un des
plus beaux hôtels de la ville, la femme dit à
son mari : — Essayons encore ici, Emmanuel, je meurs de faim. Ils n'avaient encore
rien gagné, ils retournaient à leur gîte la
mort dans leur cœur : c'était la fin d'une triste
journée; ils entrèrent dans la cour et com-

menaèrent leur concert. Ils allaient se retirer sans la moindre aumône, lorsqu'un domestique vint à eux.

— Suivez-moi, leur dit-il, on vous donnera quelque chose. Ils le suivirent dans une très-belle pièce où était un étranger de fort bonne mine. A sa vue la femme se glissa dans un coin, laissant son mari seul et sans guide.

— Bonhomme, dit l'étranger, j'apprends à l'instant même qui tu es; je connais tes malheurs, et je pourrai peut-être y apporter quelque soulagement. Dis-moi, tu avais un fils?

— Hélas, oui! Dieu m'l'a ravi.

— Rassure-toi, il vit encore.

— Qu'entends-je!

— Le navire sur lequel il s'était embarqué périt frappé de la foudre; ton fils s'attacha à un débris de planche, et s'abandonna à la merci des flots. Le lendemain il fut recueilli par la *Jeune-Créole*, qui le rencontra.

— La *Jeune-Créole!* fit le vieillard.

— Oui, la *Jeune-Créole*, capitaine Duhaynin.

— Duhaynin? dites-vous!

— Oui, Duhaynin, que Dieu n'avait pas

tout à fait abandonné, car, à son arrivée à la
Martinique, il se trouva plus riche qu'avant
son naufrage; alors il acheta un navire qu'il
nomma encore la *Jeune-Créole*, et c'est en
revenant de France, où il était allé chercher
sa fille, qu'il rencontra ton malheureux fils.

Le vieillard se jeta à genoux. — Mon Dieu,
dit-il en pleurant, tu as sauvé mon fils, tu as
rendu le bonheur à celui à qui je dois la vie
et dont j'ai lâchement repoussé la fille; je te
rends grâce. O mon Dieu; je me soumets au
châtiment que tu m'infliges; je l'ai bien
mérité. Sa femme priait aussi, à genoux, fondant en larmes comme lui. — Ton repentir
est sincère, dit l'étranger, Dieu te pardon-
nera.

— Oh! oui, je l'espère; mais lui... jamais.

— Tu te trompes, Emmanuel; il t'a déjà
pardonné.

— Oh ciel! qui donc êtes-vous?

— Eh quoi! ne m'as-tu donc pas reconnu?

— Duhaynin! s'écria le vieillard.

— Moi-même! viens donc sur mon cœur!

— Les deux amis volèrent dans les bras
l'un de l'autre.

2

— Mon cher ami, dit le capitaine, je viens te chercher et nous partons demain.

— Oh! non, je reste pour expier mon crime.

— Tout est oublié, te dis-je; d'ailleurs, il le faut : ma fille te désire, ton fils t'appelle à grands cris ce sont eux qui m'envoient, et moi j'ai juré de te ramener !

— Et Dieu punit le parjure, dit le pauvre aveugle; partons donc !

Un mois après ils étaient tous à Saint-Pierre, et là il y eut encore de beaux jours pour Emmanuel.

Le ciel avait infligé ses châtiments au misérable qui n'avait pas craint de trahir ses serments, à l'ingrat qui dans sa mémoire n'avait pas gardé le souvenir d'un bienfait; mais la Providence a des trésors de clémence et d'amour pour le repentir, le temps des épreuves était passé.

TONIN CASTELLAN.

BIENFAIT POUR BIENFAIT

? — L'INSURRECTION.

Le cardinal de Richelieu était parvenu, sous le faible Louis XIII, à cette apogée de puissance qui faisait de lui un dictateur absolu; tout devait ployer sous sa volonté de fer. La noblesse, trouvant en lui un maître qui, en toute circonstance, portait de rudes coups à ses priviléges, murmurait; de sourds mécontentements bouillonnaient au fond des cœurs et n'attendaient pour éclater qu'une occasion; cette occasion se présenta. Le frère du roi, Gaston d'Orléans, avait quitté la cour et s'était retiré auprès du gouverneur du Languedoc, le brave maréchal de Montmorency, dont le destin devait être si fatal. L'étendard de la révolte fut levé; tout ce qui avait une injure à venger se réunit autour du chef de l'insur-

rection. La province du Languedoc devint dès-
lors le théâtre d'une guerre acharnée. Parmi
les plus fougueux adversaires du cardinal, et
par conséquent l'un des plus chauds partisans
de la ligue formée contre lui, était le seigneur
d'Ossonville.

Déjà plusieurs escarmouches avaient eu
lieu ; une affaire plus sérieuse se préparait.
Le comte d'Ossonville était alors dans une
salle de son château ; il était occupé à revêtir
son armure ; près de lui se désolaient sa
femme et sa fille, tremblantes à la pensée des
dangers qu'il allait courir.

— Monseigneur, disait la comtesse, pour-
quoi persister ainsi à guerroyer contre les
armées du roi ? Rappelez-vous quel prince
vous a jetés dans cette entreprise, quel est
son manque d'énergie, quelles sont ses perpé-
tuelles hésitations ! Le prince Gaston d'O. léans
n'est point un homme sur lequel on puisse se
lier ; au moindre signe de danger, il vous
abandonnera, s'il ne vous trahit pas.

— Eh ! Madame, reprit le comte, n'avons-
nous pas aussi à notre tête le magnanime duc
de Montmorency ? Ne voulez-vous pas que,
comme un lâche, je me retire, quand c'est à

peine si la partie est commencée ? D'ailleurs,
ce n'est pas contre l'autorité du roi que nous
sommes insurgés. Louis XIII le sait bien, et,
vous le verrez, si nous sommes vainqueurs,
il nous remerciera ; car, pas plus que nous, il
n'aime l'insolent ministre qui aujourd'hui le
domine et le tient sous sa dépendance. Allez,
il ne nous regarde pas comme des sujets rebelles, il nous considère bien plutôt comme
des libérateurs.

— Et qu'importe l'opinion de Louis XIII !
Vous ne l'ignorez pas, ce n'est pas lui qui
gouverne, c'est Richelieu. Vous avez parlé
comme si vous deviez être vainqueurs ; mais
si vous succombez, pensez-vous que Louis XIII
prendra votre défense ? Non, il vous abandonnera à toutes les fureurs du cardinal, et alors
il n'y aura ni grâce ni merci. Richelieu se
vengera d'une manière terrible ; il dispose de
la justice et des forces du royaume, il vous
écrasera. Oh ! je vous en supplie, renoncez à
cette lutte qui peut entraîner pour vous et
pour nous de si déplorables conséquences.

— Non, vous dis-je, repartit avec feu le
comte ; non, nous combattons contre un tyran
pour nos droits et priviléges ; ils sont sacrés,

car nous les tenons de nos pères ; le ciel nous protégera.

— O mon père! s'écria mademoiselle d'Ossonville, en se précipitant à ses genoux et tendant vers lui des mains suppliantes ; ne nous jetez pas dans le désespoir, restez. Vous pouvez être tué, et que deviendrons-nous alors, nous, pauvres femmes, si nous sommes privées de votre appui ?

Le comte d'Ossonville était ému ; il allait peut-être renoncer à prendre part davantage à la lutte ; mais en ce moment un envoyé de Montmorency vint lui apporter l'invitation de se rendre à son poste. Tous les efforts de sa femme et de sa fille pour le retenir échouèrent ; il partit. La rencontre entre les troupes du roi et les insurgés eut lieu à quelque distance du château. De l'appartement où étaient la comtesse et sa fille, on entendait l'arquebusade ; chaque coup portait l'effroi dans leur cœur ; elles invoquaient le ciel pour le salut de leur père, de leur époux.

Tout à coup elles aperçoivent un jeune officier qui se dirige en toute hâte vers le château ; il est poursuivi, il est blessé ; à peine a-t-il mis le pied sur le perron, qu'il tombe épuisé par la fatigue et le sang qui coule de ses blessures. Des soldats s'élancent pour le frapper encore; mademoiselle d'Ossonville se précipitant au-devant d'eux, ils s'écrient :

— C'est un officier de l'armée de Schomberg, c'est un partisan du cardinal, c'est un ennemi, Mademoiselle, il faut qu'il meure.

— Il faut qu'il vive, répondit mademoiselle d'Ossonville avec énergie, il faut qu'il vive, car il est notre hôte; nous le prenons sous notre protection.

La comtesse joignit sa voix à celle de sa fille; c'était la femme, c'était la fille d'un de leurs chefs; les soldats, quoique en murmurant, obéirent ; ils se retirèrent : l'officier fut sauvé.

Ses blessures étaient légères, il fut bientôt rétabli.

— Je vous dois la vie, dit-il à mademoiselle d'Ossonville avant de s'éloigner pour regagner les troupes commandées par les maréchaux de la Force et de Schomberg ; fasse le ciel que je puisse un jour vous témoigner la reconnaissance dont je suis pénétré!

II — DÉFAITE ET CONDAMNATION.

Cependant, la lutte se prolongeait avec des chances diverses. Il était impossible d'en prévoir l'issue. Le comte n'était point reparu au château, mais de fréquents messages étaient venus tranquilliser son épouse et sa fille; aucun malheur ne lui était arrivé. Vint la fameuse journée de Castelnaudary, où furent annéanties les espérances des adversaires de Richelieu, où fut battu et fait prisonnier l'homme que toute la France proclamait le plus généreux, le plus aimable, le plus magnifique, le plus brave, l'illustre et infortuné maréchal de Montmorency.

Le comte d'Ossonville partagea son sort.

Bientôt l'on apprit le procès et la condamnation du chef des rebelles. Quelques temps on se flatta qu'en considération des services signalés qu'il avait antérieurement rendus au pays, et qui avaient fait de lui la terreur des ennemis de la France, le valeureux captif aurait sa grâce; mais l'homme qui disait : « Je n'entreprends jamais rien sans y avoir bien pensé; mais quand une fois j'ai pris ma résolution, je vais droit à mon but, je renverse tout, je fauche tout, et ensuite je couvre tout de ma soutane rouge », ne connaissait pas la clémence. L'implacable Richelieu voulait faire un exemple qui épouvantât les grands; il n'en pouvait pas faire de plus éclatant que sur Montmorency : le maréchal eut la tête tranchée le 30 octobre 1632, à trente-sept ans, dans l'hôtel de ville de Toulouse.

Qu'on juge de l'immense désespoir de la comtesse d'Ossonville et de sa fille. Il n'y avait plus dès-lors de pardon à espérer; l'échafaud attendait tous les coupables. Elles quittèrent le château pour aller se jeter aux pieds de Louis XIII; le faible monarque n'osa prendre sur lui d'arracher une victime à son ministre.

— Adressez-vous au cardinal. Telle fut, à toutes les supplications, sa constante réponse.

C'était faire présager la condamnation et la mort des prisonniers. Le cardinal, en effet, fut sourd à toutes les prières. Un jour que madame et mademoiselle d'Ossonville sortaient de son palais, le visage baigné de larmes, en proie au plus violent désespoir, un officier des

gardes s'approcha d'elles, leur glissa mysté-
rieusement un billet et disparut aussitôt. Ce
billet ne contenait que ces mots :

« Ne perdez pas courage ; un ami intercède
» pour vous. Retournez dans votre château, et
» attendez les événements sans faire de nou-
» velles démarches. »

Le naufragé qui a perdu tout espoir saisit
avec ardeur le plus léger rayon d'espérance.
La comtesse et sa fille se ranimèrent à cette
faible lueur. Mais quel pouvait être cet ami
qui veillait pour elles ? Elles se perdaient en
vaines conjectures ; néanmoins elles firent
ce qui leur était prescrit. Elles quittèrent
Paris.

III — LA GRACE.

Chaque jour elles allaient promener leur
poignante et silencieuse douleur sous les
mélancoliques ombrages du parc du château ;
chaque jour, accompagnées de leurs fidèles
serviteurs, elles se dirigeaient vers la grille ;
et là, elles restaient pendant de longues

heures, espérant que bientôt leur arriverait
une nouvelle consolante de la part de leur
protecteur inconnu ; mais chaque jour ramenait un lendemain semblable à la veille ; elles
se consumaient dans une attente vaine, elles
se repentaient presque de s'être éloignées de
Paris ; elles s'accusaient d'avoir suivi les
conseils d'un inconnu qui les trompait peut-
être, qui peut-être aussi n'avait agi que par
les ordres du cardinal, afin de le débarrasser
de sollicitations importunes.

— Oh ! disait mademoiselle d'Ossonville en
fondant en larmes, le ciel ne mettra-t-il donc
pas un terme à nos angoisses ? N'entendra-t-il
pas la prière d'un enfant qui l'implore pour
son père bien-aimé ?

— Ma fille, lui répondait tristement sa
mère, ne murmurons pas contre la Providence,
ses voies sont cachées ; au bout de nos souf-
frances, Dieu a peut-être placé le salut.

Un jour qu'elles donnaient, comme de cou-
tume, un libre cours à leur légitime douleur,
mademoiselle d'Ossonville, ne pouvant résister
plus longtemps à l'incertitude poignante dans
laquelle elle et sa mère étaient plongées,
s'écria avec une sainte et bien triste énergie :

— Oui, oui, ma mère, il faut quitter ce château; il faut aller là où mon père gémit dans un affreux cachot, là où il attend cet exécrable arrêt de mort qui doit nous priver de lui à jamais. Partons, ma mère, allons au moins recueillir ses derniers vœux, sa bénédiction suprême, ses...

En ce moment, un bruit de pas de chevaux se fit entendre; il se rapprocha de plus en plus. Un jeune seigneur, suivi de plusieurs cavaliers, mit pied à terre à la grille du château et accourut en toute hâte. Madame et mademoiselle d'Ossonville reconnurent en lui le jeune officier qu'elles avaient sauvé de la fureur des soldats. Lorsqu'il fut arrivé auprès d'elles, il s'inclina profondément: la joie brillait dans ses regards. Il déploya un parchemin.

— Madame, dit-il en s'adressant à la comtesse, ce papier contient la grâce de votre époux. Lisez.

— C'est à vous, Mademoiselle, que le comte doit son pardon. Vous m'avez sauvé généreusement la vie. Quand j'ai su la condamnation de votre père (il avait été condamné à être décapité), je suis allé trouver le cardinal, dont la famille est alliée à la mienne ; je me suis jeté à ses pieds, je lui ai raconté le service que vous m'aviez rendu. J'ai embrassé ses genoux, j'ai triomphé de sa colère. Tandis que je vous parle, des ordres sont donnés pour que votre père soit rendu à la liberté.

Il serait impossible de rendre les transports d'allégresse que firent en cette circonstance éclater madame et mademoiselle d'Ossonville ; néanmoins, elles ne furent complètement et véritablement heureuses que lorsqu'elles purent presser le comte entre leurs bras.

— Que ferai-je, dit M. d'Ossonville à son libérateur qui assistait à cette touchante réunion, pour vous témoigner toute ma reconnaissance.

— Vous oublierez toutes les querelles qui nous divisent, et vous me laisserez emporter au cardinal, mon parent, l'espoir que désormais des épées françaises ne se tireront plus que contre les ennemis de la France.

— Allez, Monsieur, répliqua le comte ; allez, et dites au cardinal que le sang versé appelle la vengeance, mais que devant la clémence tout ressentiment s'éteint.

ORTAIRE FOURNIER.

3

LA COQUETTERIE

Deux jeunes filles, reunies dans un salon élégant, décoré selon le goût de la renaissance, si fort à la mode aujourd'hui, admiraient avec une curiosité naïve ces meubles enlevés à une autre époque, à d'autres mœurs, pour les placer dans nos modernes appartements. L'une, âgée à peine de sept ans, dont l'abondante chevelure couvrait les épaules, était la fille de madame de Randun, veuve d'un officier général célèbre dans les fastes glorieux de l'empire. La plus âgée, qui atteignait sa treizième année, avait pour père un ancien et brave officier qui autrefois avait servi sous les ordres de M. de Randun. Madame de Randun, en souvenir de quelques services rendus à son époux par le capitaine Durmont, avait accueilli sa fille, qui était devenue tout à la fois la compagne et le mentor de Louise. Julie Durmont était une charmante et aimable personne, remplie de douceur, de patience, intelligente et laborieuse; elle dirigeait les premières études de Louise et profitait en même temps des leçons de musique et de dessin que celle-ci recevait. On n'aurait eu enfin que des éloges à lui donner, sans un goût déjà décidé pour la parure, sans un certain penchant pour la coquetterie qui se manifestait en elle dans toutes les occasions. Madame de Randun l'en avait doucement grondée à diverses reprises ; mais Julie témoignait en toute autre circonstance tant de soumission et de reconnaissance à madame de Randun, que celle-ci excusait volontiers la jeune coquette, espérant qu'elle comprendrait bientôt tous les dangers et le ridicule de ce défaut.

Arrivée depuis quelques jours de Fontainebleau, où son père vivait d'une faible pension, Julie, habituée au modeste intérieur de sa famille, examinait sans se lasser l'élégante disposition, le splendide ameublement de l'hôtel de Randun. Aussi, quand elle pénétra dans le salon de travail, disposé avec un goût si délicat, elle se trouva tout émerveillée de tant de richesse. Chacun de ces meubles habi-

lement sculptés, ces tapisseries aux vives cou-
leurs, ces vases de forme étrange excitaient
incessamment sa surprise ; elle se regardait
avec quelque complaisance dans cette glace
soutenue par de légères colonnes d'ébène
encadrées d'arabesques d'ivoire finement
dessinées. Enfin, en s'approchant de la toilette,
ses regards et ceux de Louise furent attirés
par en écrin entr'ouvert ; elles voulurent voir
ces pierreries brillantes, et bientôt elles les
essayèrent. Tandis que Louise, agenouillée
sur la haute chaise, aux pieds tournés, cou-
verte en cuir gaufré, plaçait une riche agrafe
dans ses cheveux, Julie se parait d'un collier
de perles fines.

Les deux enfants, livrés à ce doux enfan-
tillage de la coquetterie, suivaient de l'œil,
dans la glace, les feux étincelants des pierreries, quand tout d'un coup elles furent inter-
rompues par l'arrivée de madame de Randun.
Julie se hâta de placer le collier dans l'écrin ;
mais Louise, n'en ayant pas eu le temps,
glissa, avec toute la légèreté de son âge, sans
même réfléchir à l'importance de son action,
la brillante agrafe dans la poche du tablie
de Julie. Madame de Randun entra ; elle n'avai.

rien vu et venait chercher Louise, qui devait partir immédiatement pour la campagne de l'une de ses tantes.

Séparée de sa compagne, Julie regagna sa chambre de travail pour reprendre ses études. A peine avait-elle posé ses mains sur le clavier de son piano, que madame de Randun la fit appeler. Elle avait voulu renfermer son écrin, et en l'examinant elle s'était aisément aperçue qu'un bijou manquait. Elle avait inutement interrogé ses domestiques, aucun d'eux n'avait pénétré dans le salon; c'est alors que, ne pouvant s'expliquer cet événement, elle fit venir Julie. La jeune fille descendit, et tout d'abord elle fut vivement émue à la vue des domestiques groupés autour de leur maîtresse, dont la figure sérieuse, le regard inquiet et sévère annonçaient l'agitation. Julie avait passé avec Louise la matinée dans le boudoir. Madame de Randun l'y avait trouvée au moment où elle vint chercher sa fille, et, tandis qu'elle la conduisait jusqu'à la voiture, Julie était restée seule. Madame Randun lui adressa de pressantes questions, l'engagea à ne lui rien cacher; Julie avoua leurs jeux, leur indiscrétion, mais elle nia avoir touché à l'agrafe

dont Louise s'était parée. Déjà madame de
Randun espérait que sa fille avait conservé ce
bijou, et du moins, s'il risquait d'être égaré,
elle n'avait plus à soupçonner personne ; elle
invitait les domestiques à s'éloigner, quand
Julie, troublée par cet interrogatoire, tira son
mouchoir pour essuyer les larmes qui gonflaient ses yeux, et au même moment l'agrafe
roula aux pieds de madame de Randun. La
stupéfaction fut générale; tous les yeux fixaient
les pierreries; Julie, surprise, interdite, sen-
tant·la rougeur lui monter au front, bien
qu'elle fût innocente, détournait la tête, tandis
que madame de Randun la considérait avec
une irritation mêlée de douleur. Tout acca-
blait Julie : ses récentes dénégations, son
trouble involontaire et jusqu'à ses pleurs. On
ne doutait même plus, on l'accusait. Sur un
signe de madame de Randun, les domestiques
sortirent, et elle resta seule avec celle qu'on
croyait coupable : — Julie, lui dit-elle, au-
rais-je dû prévoir que vous, accueillie par
moi comme un de mes enfants, vous oublieriez
ainsi les devoirs les plus sacrés de l'honneur ?

— Ah! Madame, que supposez-vous ? oh!
je suis innnocente l

— Assez; ne joignez pas plus longtemps le
mensonge à une aussi méprisable action. Si
de suite vous aviez tout avoué, j'aurais pu
vous excuser; mais nier, faire retomber les
soupçons sur ma fille, persister dans le mal,
voilà ce que je ne puis pardonner.

— Je suis innocente, je vous le jure, mur-
mura Julie au milieu de ses sanglots.

— Vainement, je voudrais vous croire, je ne
le puis. Julie, je le regrette, mais il faut nous
séparer ; cet événement a eu trop d'éclat, et,
pour vous comme pour moi, vous ne pouvez
rester dans cette maison. Aujourd'hui même
vous retournerez auprès de votre père. Quand
l'absence et le repentir auront effacé le souvenir de votre faute, revenez et vous me trouverez disposée encore à vous aimer. Allez, mon
enfant, je vous pardonne ; mais cela ne suffit
pas, et, pour être désormais sûre de vous-
même, il faut subir une épreuve pénible sans
doute, mais nécessaire.

Après ces dernières paroles, madame de
Randun rentra dans son appartement, et
Julie, désolée, versant d'abondantes larmes,
se reprochant amèrement l'indiscrète coquetterie qui avait causé son malheur, sans que

cependant elle pût s'en expliquer clairement la cause, alla faire ses préparatifs de départ.

Les courts instants qu'elle consacra à ses dispositions furent bien cruels. Chacun maintenant la repoussait, il lui semblait entendre constamment retentir à son oreille l'odieux mot de vol ; si quelqu'un troublait un moment sa solitude pour l'aider à terminer ses malles, ses paquets, elle croyait le voir jeter un regard soupçonneux sur les objets qu'elle renfermait. La moindre parole avait pour elle un sens équivoque ; elle regardait avec une amère tristesse ces livres d'études, ce piano, ces cartons remplis de dessins qu'elle avait pensé ne plus quitter ; sa joie si franche, si sincère, s'était évanouie, et si, par hasard, sa pensée se reportait vers Fontainebleau, vers son père près duquel elle allait reparaître sous le poids d'une honteuse accusation, son cœur se serrait, et à peine pouvait-elle pleurer pour alléger son chagrin.

Quelques heures plus tard, accompagnée d'un serviteur de confiance de madame de Randun, elle montait dans la voiture qui devait la ramener à Fontainebleau. Le voyage lui sembla bien triste; elle craignait d'en atteindre le terme et cependant elle désirait avoir passé le pénible moment d'une première entrevue. Sa douleur s'exhalait en longs soupirs, en sanglots ; et si par instants elle sommeillait, c'était pour retrouver en songe les scènes cruelles de la journée. Quand on arriva à la forêt qui entoure la ville d'une verte parure, l'angoisse de la malheureuse enfant augmenta. Chaque objet lui rappelait un des jours heureux et insouciants de sa jeunesse, et cet involontaire rapprochement la troublait encore davantage.

Enfin on parvint au point du jour à Fontainebleau ; Julie revoyait avec une sorte de terreur les lieux où elle avait passé son enfance, et tous ces souvenirs, si charmants pour un cœur joyeux, ajoutaient encore à sa tristesse. Elle éprouvait une honte profonde à revenir accablée d'un doute flétrissant dans une ville où chacun l'aimait et l'estimait. Lorsqu'elle s'arrêta au seuil de la maison paternelle, elle se sentit trembler, et, à la vue de son père, elle tomba évanouie en s'écriant :

— O mon père, ne le croyez pas, je suis innocente.

Le capitaine Durmont, sans comprendre qu'elle impérieuse raison ramenait sa fille si précipitamment, saisit avec une sombre inquiétude la lettre que lui présentait le guide de Julie; il la parcourut rapidement, et, bien que madame de Randun traitât Julie avec indulgence et qu'elle n'appelât son action qu'une grave étourderie, le vieux soldat, frappé dans ce qu'il avait de plus cher, dans son honneur, ne put d'abord contenir sa colère.

— Malheureuse enfant! tu déshonores ton père, tu déshonores mon nom.! Oh! retire-toi, je ne veux plus te voir!

Julie, anéantie, était à ses pieds, répétant d'une voix brisée : — Et vous aussi, mon père, vous m'accusez, cependant je ne suis pas coupable; non, je ne suis pas coupable.

Le capitaine Durmont marchait avec agitation, proférant des paroles entrecoupées, relisant la lettre de madame de Randun, et, quelque affirmative qu'elle fût, ne pouvant s'empêcher de douter, il jetait des regards attendris vers Julie. Enfin la tendresse d'un père l'emportant, il s'élança vers elle, la saisit dans ses bras, l'embrassa avec transport en disant :

— Non, non, Julie, c'est impossible ; non, tu n'es pas coupable, et quand bien même tu le serais, je te pardonne, tu te repentiras.

Après cette première et cruelle entrevue, on fit coucher la jeune fille abattue par tant d'émotions successives ; et quand sa fièvre fut calmée, quand enfin elle fut endormie, M. Durmont écrivit à madame de Randun. La journée s'écoula ainsi. Le soir était venu, le domestique de confiance allait repartir pour Paris, lorsqu'on entendit le galop précipité d'un cheval ; quelques instants après, on entrait chez le capitaine Durmont : c'était un courrier expédié en toute hâte par madame de Randun.

Regrettant presque sa précipitation, se rappelant les énergiques dénégations de Julie, l'accent pénétré avec lequel elle s'était défendue, cédant pour ainsi dire à un secret pressentiment, madame de Randun, presque au moment où la fille de M. Durmont était partie pour Fontainebleau, avait envoyé chercher Louise, qui se trouvait à deux lieues de Paris. A son retour, celle-ci avait tout expliqué, elle avait naïvement avoué son étourderie, et sa mère, ne voulant pas laisser planer un seul instant de plus un soupçon odieux sur Julie, non-seulement avait proclamé son innocence en présence de tous ceux devant qui elle l'avait accusée, mais elle avait voulu qu'un courrier partît de suite pour porter l'heureuse nouvelle à Fontainebleau. Sa lettre était une éclatante réparation, elle exprimait franchement la douleur qu'elle éprouvait de s'être trop hâtée de condamner la jeune fille, et terminait en demandant à son père de la rendre à sa tendre amitié.

Quand Julie, qu'on était allé réveiller, entendit cette phrase, elle regarda le capitaine avec une tendresse suppliante :

— Eh quoi ! tu refuses, Julie, de si brillantes offres ?

— Oh ! permettez que je reste près de vous, mon père ; maintenant le luxe m'effraie, et je préfère la tranquillité de notre simple demeure à un éclat si dangereux...

Julie n'était plus coquette, et jamais depuis elle ne le fut. Cette sévère leçon l'avait pour toujours corrigée.

L. MICHELANT.

L'AMOUR PATERNEL

L'enfant sait ordinairement mieux ce qu'il doit à sa mère que ce qu'il doit à son père. La mère est toujours là, la mère! dont l'admirable dévouement est présent et visible depuis le berceau. Celui du père est souvent aussi grand, aussi incessant; et il est d'autant plus méritoire, d'autant plus pénible, qu'il ne reçoit pas comme l'autre, à chaque instant, son prix en douces caresses et en sourires enfantins. Voici une petite histoire qui apprendra à la jeunesse ce dont est capable l'amour paternel et toute la reconnaissance à laquelle il a droit.

« Il y a une vingtaine d'années qu'à Bourg-la-Reine, près Paris, se marièrent un jeune garçon et une jeune fille du pays, qui, sans avoir été élevés dans la fortune, avaient néanmoins connu une honnête aisance, et, avec tous les signes d'un double attachement, s'apportèrent l'un à l'autre ce qu'il fallait d'argent pour se mettre à l'abri du besoin. Ils acquirent d'abord un petit fonds de commerce qui parut prospérer assez bien durant la première année, au bout de laquelle un enfant, qu'ils désiraient comme le complément naturel de leur bonheur, leur fut donné par le ciel. La tendre mère nourrit elle-même le nouveau-né, tout en s'occupant des soins de détail de la boutique, tandis que son mari se chargeait de faire toutes les acquisitions au dehors, et quelquefois de côté et d'autre allait, à l'aide d'une voiture et d'un cheval, étaler ses marchandises sur les marchés des environs.

» Un soir qu'il revenait au logis, pensant au plaisir prochain de revoir et d'embrasser son enfant chérie, sa surprise fut grande de reconnaître de loin sa femme qui, ayant quitté la boutique contre son ordinaire, l'attendait fort avant sur la route avec sa petite fille dans ses bras. Plus il approchait, plus la contenance de sa femme lui paraissait pénible et embarrassée ; quand il fut presque tout près d'elle, elle voulut sourire en lui montrant son enfant comme pour lui présenter la consolation avant la douleur. Mais les larmes furent plus fortes que ce sourire contraint ; en débordant, elles le cachèrent tout entier.

» — Qu'as-tu donc? qu'est-il arrivé, pauvre femme? En vérité, si tu n'avais là notre enfant, je croirais que nous l'avons perdue. Elle vit, quelle peut donc être la cause de ton chagrin?

» — Elle vit, mon pauvre Louis, mais c'est tout ce qui nous reste. Je suis venue jusqu'ici pour te dire qu'à la place de notre maison tu ne trouveras plus qu'un monceau de cendres. Le feu, après avoir pris à une maison voisine, a gagné la nôtre et a tout consumé, sans qu'on ait pu sauver la moindre de nos marchandises, le moindre de nos meubles, pas même notre lit ni le berceau de notre petite.

» A cette nouvelle, qui dérangeait tous ses plans, tout son avenir, qui engloutissait toutes ses espérances avec tout ce qu'il possédait, Louis demeura comme atterré. Mais ses yeux, tout à l'heure baissés, se relevant doucement vers son enfant qui lui tendait ses petits bras, il comprit qu'il ne lui était pas permis de désespérer, et que Dieu mettait devant lui cette image de la faiblesse qui avait besoin de lui pour lui rendre le courage et l'énergie.

— Eh bien, femme! dit Louis, puisque notre enfant nous reste et nos bras aussi, que nous manque-t-il? Nous travaillions beaucoup sans doute déjà pour lui faire un petit sort, à cette chère enfant; nous en serons quittes pour travailler le double, et l'enfant n'aura rien perdu. N'est-ce pas tout ce que nous pouvons souhaiter?

» — Oui, mais ce que nous devons...

— Nous avons là de quoi le payer, interrompit Louis; la vente de ma voiture avec ce qui est dedans et mon cheval suffiront. Pauvre cheval, je lui étais bien attaché pourtant! ne put se défendre de murmurer le brave homme. Il me vient une idée; j'aime beaucoup les chevaux : je vais trouver tout de suite le maître de poste de Berny; il me connaît, notre position lui inspirera de l'intérêt, et je suis sûr qu'il ne refusera pas de me prendre pour postillon.

» — C'est un dur métier, mon pauvre Louis, que tu choisis-là, dit la femme.

» — Je ne choisis pas, répondit le bon

père, je prends la première chose qui se pré-
sente à moi, dure ou non, pour tâcher de regagner un petit sort à notre enfant. Allons,
femme, pas de réflexion qui me refroidisse;
soyons ce que nous pourrons pour l'instant,
nous verrons, si la chose est possible, à faire
mieux par la suite.

» Avant même de rentrer à Bourg-la-Reine,
Louis se rendit chez le maître de poste de
Berny, non loin de la maison duquel il se
trouvait, et se présenta à lui en compagnie
de sa femme et de son enfant.

» — Avec ma bonne volonté, voilà tout ce
qui me reste, Monsieur, lui dit-il en montrant
ces chers objets. Je suis une des victimes du
dernier incendie arrivé à Bourg-la Reine. Ma
femme vient de me l'apprendre comme je revenais au pays avec ma voiture et mon cheval
que je vais vendre, pour ne rien devoir à personne; car le pauvre qui doit, ce n'est pas
comme le riche : on en médit, quelle que soit
la cause de sa dette.

» — Que puis-je faire pour vous? demanda
le maître de poste avec une certaine froideur
qui disait assez qu'il s'attendait à une autre

demande autre que celle dont Louis était capable.

» — Voulez-vous me compter tout de suite au nombre de vos postillons, Monsieur ? je vous garderai reconnaissance toute ma vie, et mon enfant, j'espère, s'en souviendra après moi.

» Le maître de poste, voyant qu'il ne s'agissait pour lui d'aucun secours, d'aucun appui qui lui fût onéreux, rasséréna son visage, et, sachant qu'il avait affaire à un bon et honnête sujet, accepta sur-le-champ la proposition de Louis, en lui exprimant tout le bonheur qu'il éprouvait à lui rendre service dans une position si digne d'intérêt. Il lui offrit même de lui acheter immédiatement son cheval et de le lui payer comptant. Le double marché conclu, Louis rentra avec moins de douleur au pays afin d'y chercher un nouveau gîte pour sa femme et son enfant qui, la nuit dernière, avaient été obligés de coucher chez des personnes de connaissance. Pour mieux garder tout le courage dont il avait besoin, il évita de passer devant sa maison brûlée; et, dès le lendemain, après avoir installé sa famille au milieu de quelques meubles de première néces-

sité qu'il acheta comptant, et avoir fait du
peu qu'il lui restait de l'argent avec lequel il
paya tout ce qu'il pouvait devoir, il prit son
service de jour et de nuit chez le maître de
poste.

» Son activité fut extrême; le maître de
poste la remarqua dès son début. Sa politesse
et sa prévenance, dans un état qui d'ordinaire
a la grossièreté en partage, ne furent pas
moins remarquées des voyageurs, qui presque
tous l'en récompensaient généreusement. Louis
avait bien du mal, bien des fatigues; il ne
dormait pas quelquefois deux heures sur
trente-six. Il ne s'en plaignait pas pourtant;
jamais il ne reculait à la besogne; au con-
traire, il la cherchait; et il lui suffisait de la
pensée qu'il faisait, qu'il supportait tout cela
en vue de son enfant, pour soutenir et doubler
ses forces.

» Une fois le brave postillon, qui chaque
semaine apportait au logis tout ce qu'il avait
gagné, examinant dans l'armoire de sa femme
le petit trésor qu'il y avait peu à peu amassé,
s'avisa qu'il pourrait, avec cela, faire l'acqui-
sition d'une maisonnette et d'un jardin sur la
route par laquelle il passait chaque jour, y

loger sa famille et la voir ou tout au moins l'apercevoir ainsi plus souvent. Cette idée sourit fort à la femme de Louis, et elle crut même y trouver un moyen de venir en aide à son mari pour regagner ce qu'ils avaient perdu. Depuis leur malheur, tout le temps qu'elle n'avait pas consacré à élever son enfant, elle l'avait employé à des travaux d'aiguille, qui avaient presque suffi à leur nourriture à tous deux. La maisonnette que voulait acheter Louis n'était pas assez éloignée pour qu'elle perdît des pratiques à aller s'y établir ; et de plus elle pouvait y tenir un petit comptoir de boissons, où ne manqueraient pas de s'arrêter, au passage, tous les camarades de son mari.

» Mais, dans son désir d'être le plus qu'il était en elle utile à la famille, elle n'apercevait pas les inconvénients de son nouveau projet. Louis heureusement les avait d'avance vus pour elle. L'amour paternel lui servait du plus brillant flambeau de l'intelligence pour l'éclairer.

» — Non, dit-il, femme, tu ne tiendras point de cabaret sur la route ; l'argent que nous y gagnerions nous coûterait trop cher

puisqu'il pourrait nous coûter la bonne édu-
cation de notre fille. Je vous aime trop, toi et
notre enfant, pour vous exposer à entendre
des propos de gens dont l'ivresse est la moitié
de la vie. Tu iras habiter la maisonnette avec
l'enfant, quand ce ne serait que pour me donner le bonheur de vous voir plus souvent ; mais
les seuls qui auront le droit, en passant, de
se rafraîchir au logis, ce seront les pauvres et
moi. J'aime mieux travailler plus longtemps,
avoir plus longtemps de la peine, que de
risquer de ne pas laisser à notre fille la plus
belle dot qu'elle puisse apporter, un cœur pur.

» La mère n'eut pas de peine à comprendre
ces excellentes raisons. La maisonnette et le
jardin de la grande route n'en furent pas
moins achetés. La femme s'y installa et continua à y faire ses travaux d'aiguille. Elle joignit bientôt, par les économies de son mari,
à sa petite fortune renaissante deux vaches,
dont elle distribuait matin et soir le lait aux
habitants du voisinage. Quant à Louis il était
bien heureux d'avoir sa famille sur le chemin
même qu'il parcourait sans cesse et, quand il
ne lui était pas permis de s'arrêter quelques
heures, de pouvoir du moins jeter un coup

d'œil sur la demeure qui renfermait ce qu'il
avait de plus cher au monde, de recevoir au
passage, des mains de sa femme, le rafraî-
chissement dont il avait besoin, et de prendre
ensuite un moment sur son cheval, pour le
caresser, l'enfant auquel il s'était sacrifié.
Rien n'est aimant comme le cœur d'un père
qui, travaillant incessamment pour sa famille,
jouit rarement du bonheur de la voir; rien
n'est doux et touchant à contempler comme
le tableau d'un homme à la rude écorce du
peuple qui se laisse aller à la sensibilité de
père avec ses enfants.

» Les cheveux de Louis, quoiqu'il fût jeune
encore, avaient déjà blanchi dans le dur état
qu'il avait embrassé; des rhumatismes, gagnés
à parcourir la nuit les grands chemins, attes-
taient aussi son dévouement de père. Qu'importe! il n'y songeait pas, il pensait seulement qu'il travaillait pour sa fille. Sa consolation et sa joie furent entières quand, après
avoir admirablement élevé sa chère enfant
selon ses moyens, il put, en l'unissant à un
époux digne d'elle, lui donner une petite dot
sur laquelle elle n'avait pas compté. Pour la
première fois, dans ce moment de bonheur

toujours mêlé de quelques inquiétudes pour l'avenir, il raconta lui-même à sa fille tout ce qu'il avait fait pour elle depuis le terrible jour où l'incendie l'avait laissé, lui et sa famille, sans asile et sans autre ressource que le plus pénible travail.

» — Puisse cette dot être plus heureuse que celle de ta mère et la mienne ! disait l'excellent père, et puisse-t-elle te rappeler toujours ceux qui te l'ont gagnée !

» La jeune épouse et le gendre ne pouvaient retenir leurs larmes, et leur promesse d'éternelle reconnaissance s'exprima mieux ainsi que par de vaines paroles. Il était aisé de voir que l'oubli n'aurait jamais de place dans les cœurs de ceux qui étaient l'objet d'une scène si touchante. Il ne fut question, dans le pays et les environs, que du postillon de Berny, qui, du fruit de ses épargnes, était parvenu à donner à sa fille une dot de six mille francs, et à réparer les désastres que l'incendie lui avait fait subir. Il ne fut ensuite question que de l'heureux père qu'on entourait de soins, d'égards et d'amitié. Louis ne courut plus les grandes routes ; il put venir se reposer en famille de ses fatigues passées, et trouver la récompense de son dévouement dans celui de ses enfants. Chacun se sentit heureux de son bonheur; et le père et la fille, l'un pour son amour paternel, l'autre pour son amour filial, furent et sont encore offerts en modèle. »

LÉON GUÉRIN.

L'ÉPREUVE

Charles de Cernay, fils de l'un des plus honorables négociants de Paris, et Jacques Duval, fils d'un riche fermier de la Beauce, venaient de se faire leurs adieux, et, tandis que l'un retournait paisiblement à sa charrue, l'autre montait dans l'élégante voiture qui devait le ramener chez son père. L'organisation délicate de Charles avait obligé M. de Cernay à le laisser à la campagne jusqu'à l'âge de douze ans, et c'est seulement quand la vie libre et l'air pur des champs lui eurent

rendu des forces et de la santé qu'il avait pu
le rappeler auprès de lui. D'abord Charles
éprouva de vifs regrets de ne plus voir son ami
Jacques, le compagnon de son enfance ; puis le
luxe dont il était environné, les splendeurs de
Paris, les nombreuses réunions auxquelles il
assistait chez son père effacèrent ses premiers
souvenirs, modifièrent les heureuses dispositions de son cœur : et non-seulement il ou-
bliait les joies autrefois si vives de la ferme,
les fêtes de la moisson, les chants et les ron-
des de la vendange et les courses lointaines
avec le brave Jacques ; mais il éprouvait
comme une sorte de honte quand, dans le magnifique salon paternel, au milieu d'une brillante
société, il se souvenait qu'il avait pu considé-
rer le fils ignorant d'un fermier comme son
ami. Les mauvais sentiments, cet orgueil hau-
tain, qu'il avait renfermés longtemps en lui-
même, se manifestèrent de jour en jour davantage et éclatèrent pleinement enfin lors d'une
visite que lui fit Jacques. L'honnête fermier
avait absolument voulu revoir son camarade
Charles, que ni l'absence ni la distance n'a-
vaient chassé de sa mémoire. Il fit tant et si
bien que son père se décida à l'amener à

Paris. Tous deux vêtus de l'habit de drap aux
larges basques, portant dans une corbeille les
plus beaux fruits de leur jardin, ils arrivèrent
chez M. de Cernay au moment même où Charles et deux de ses amis les plus élégants allaient monter à cheval pour une promenade.
A la vue de Jacques, Charles se sentit humi-
lié; et, affectant de causer avec ses compa-
gnons, il essaya de traverser le salon sans
regarder l'ami de sa jeunese. Mais Jacques,
qui ne voulait pas même douter de l'affection
de ce jeune homme dont il avait défendu l'enfance, protégé la faiblesse en toute circonstance, s'avança vers lui en s'écriant :

— Hé bien! Charles, tu ne me reconnais
pas? Jacques, ton frère de lait! Et en même
temps il lui présentait les fruits. Charles ne
pouvait éviter la rencontre; d'un air distrait
il considéra Jacques, murmurant avec embar-
ras :

— Jacques! en effet, je me rappelle ce nom;
c'est bien mon ami, je vous remercie. Et en
disant avec une froideur insultante ces quelques mots, dédaignant de prendre la main que
lui présentait amicalement le fils du fermier,
il s'échappa comme un coupable, la rougeur

sur le front, le remords dans l'âme. Un instant
il hésita, il voulait revenir serrer la main de
son ancien compagnon ; mais ses deux amis
le considéraient avec un sourire railleur, il
n'eut pas le courage de réparer sa faute, la
vanité l'emporta.

M. de Cernay avait été témoin de cette
scène ; il comprit la nécessité de corriger dans
Charles cet orgueil déplacé et de réprimer,
par une épreuve décisive, un défaut qui dépa-
rait ses excellentes qualités. Il reçut les deux
honnêtes paysans avec une rare bienveillance;
il communiqua ses projets au père Duval, et,
le soir même, Charles, appelé dans le cabinet
de son père, s'y présentait avec émotion :

— Charles, mon ami, lui dit celui-ci, jusqu'ici
je n'ai rien refusé à tes désirs, j'ai cherché
à te prouver ma tendresse autant que je le
pouvais.

— O mon père! je vous en remercie ; et
ma reconnaissance n'est pas au-dessous de
vos bontés.

— Je n'en doute pas, mon enfant, mais à
cette heure il faut renoncer à ces joies que je
te prodiguais avec tant de bonheur.

— Que voulez-vous dire, mon père?

 — Je suis ruiné, Charles, ruiné sans ressources par un de ces coups inattendus, hélas !
trop habituels dans le commerce ; et à cette
heure tous ceux qui s'empressaient à nos fêtes,
à nos soirées abandonnent ton malheureux père.

— Oh ! du moins, mon père, riche ou pauvre, la tendresse de votre fils vous restera,
dit Charles avec une vive effusion en se précipitant dans les bras de son père. Dans cet
instant, le cœur de Charles se montrait dans
toute la bonté de son naturel ; cet événement
qui troublait tout d'un coup sa vie insouciante
et légère, avait déjà modifié ses idées et
réveillé tous les louables sentiments qu'avaient
étouffés les conseils d'une folle vanité. Mais
M. de Cernay avait résolu de pousser l'épreuve
jusqu'au bout. — Maintenant, Charles, ajouta-
t-il, il faut courageusement supporter notre
malheur et travailler tous deux ; moi comme
si j'avais vingt ans, et toi comme un homme.
Après avoir longuement réfléchi, j'ai jugé
qu'il fallait que tu retournasses à la ferme où
tu as passé ta jeunesse ; tu trouveras là de
véritables amis. C'est pour apprendre mes
projets que Jacques et son père sont venus
hier à Paris. Ils consentent à te recevoir. Cette

séparation est pénible, mon fils, mais elle est nécessaire.

Le lendemain, au point du jour, Charles montait en diligence et partait pour la ferme. Ce n'est pas sans inquiétude qu'il en approchait. Au nom de Jacques prononcé par son père, il s'était rappelé tous ses torts; il avait voulu tout avouer, mais un dernier mouvement de vanité l'avait retenu.

Quand il arriva, personne ne vint au-devant de lui, chacun était déjà parti pour les travaux de la journée. Il fut reçu froidement par le père Duval, qui lui dit sans aucune démonstration amicale :

— Ah ! c'est vous, monsieur Charles. Allons, habit bas; ôtez-moi cette chemise fine, ces bottes vernies : voilà notre costume ici.

Et il lui montrait un grossier pantalon, une chemise de toile, de gros souliers ferrés. Charles hésita un instant quand il lui fallut échanger son élégant costume contre ces humbles vêtements; mais, se souvenant de sa situation, il s'en revêtit, non sans pousser un profond soupir.

A partir de ce jour, Charles prit rang parmi les travailleurs du père Duval. Le jeune dandy

dut renoncer aux délicatesses, aux plaisirs
de Paris, pour remplir avec activité les péni-
bles devoirs de sa modeste condition. Plus de
parties joyeuses, plus de splendides soirées,
plus de toilettes recherchées ; au lieu de cela,
il fallut se résigner aux mœurs et aux rudes
travaux des autres garçons de ferme. A cinq
heures du matin, tout le monde était déjà à
la besogne ; les uns au labourage, les autres
aux soins intérieurs : chacun avait sa tâche
et on en devait bon compte au fermier, qui
gourmandait vivement la paresse et l'oisiveté.
Charles eut d'abord beaucoup de peine à
prendre ces nouvelles habitudes ; à chaque
moment il lui fallait réclamer les avis et
l'aide de ceux qu'il aurait naguère singulière-
ment dédaignés : mais, après tout, il était
courageux et intelligent ; aussi finit-il par
prendre son parti, et il commença au bout de
quelques jours à rendre de véritables services.
Bientôt il sut, comme les autres, diriger habi-
lement un nombreux attelage dans les plus
difficiles chemins, tracer un sillon et conduire
une charrue. Quoiqu'il ressentît encore quelques retours d'orgueil, il eut le bon esprit de
surmonter ces mauvaises impressions ; et le

soir, à la veillée, il prenait part sans façon
aux délassements un peu bruyants de ceux qui
l'entouraient. Le dimanche il dansait volontiers au son criard du violon du village, et
s'était acquis la réputation du plus infatiga-
ble et du meilleur danseur de la ronde sans
qu'il en fût trop fier. Aussi chacun l'aimait
sincèrement, et partout on lui témoignait une
franche affection. Le père Duval seul conser-
vait son visage sévère et son ton ferme et ré-
servé.

Durant deux mois Charles fut soumis sans
ménagement à toutes les dures exigences de
sa nouvelle position, passant ses journées aux
champs ou à la grange, garnissant de foin les
râteliers, renouvelant l'eau des auges, ba-
layant les écuries comme les autres garçons
de ferme. Pendant ce temps à peine vit-il
Jacques, qui, tout en paraissant l'éviter, l'en-
courageait de regards bienveillants et cherchait dans l'occasion à lui faciliter sa tâche.
Enfin, vers le milieu du deuxième mois, ils se
trouvèrent un instant seuls ensemble, et Jacques dit précipitamment à son ancien camarade :

— Charles, je vous aime toujours; prenez

courage. Le fils de M. de Cernay allait répliquer, quand le père Duval parut et, jetant un regard interrogateur à Jacques, lui fit signe de s'éloigner.

Dans les premiers jours du troisième mois de cette difficile épreuve, Charles rentrait à la ferme avec deux vigoureux chevaux de labour qu'il ramenait de l'abreuvoir ; il avait déjà sauté du haut de sa monture et bravement saisi un balai pour nettoyer l'écurie, quand Duval, qui se trouvait alors dans la cour de la ferme, dit au jeune homme :

— Charles, vous parliez à André ?

André était le garçon qui chaque semaine se rendait à la halle de Paris pour le compte du fermier.

— Je ne lui disais rien, répliqua Charles troublé.

— Allons donc ! voulez-vous me tromper ? ne vous ai-je pas vu l'arrêter et causer avec lui ? suis-je aveugle ?

— Eh bien ! il est vrai, je lui ai dit quelques mots, mais cela vous intéresserait peu.

— Oui, c'est-à-dire que cela ne me regarde pas, mais j'ai l'habitude de savoir ce que font mes garçons de ferme, et, quand j'interroge, ils doivent me répondre.

— Eh! monsieur Duval, il me semble que, pourvu que je fasse exactement ma besogne, on n'a rien de plus à me demander.

— Ah! vraiment, mon jeune maître? ces réponses-là étaient bonnes à Paris; il n'en est pas de même ici, à moins toutefois que vous n'ayez assez du métier.

— Eh bien! après tout, on peut... on peut tout vous dire, continua Charles en terminant avec soumission sa phrase commencée par un vif mouvement de colère. Et il poursuivit en rougissant d'une noble modestie à mesure qu'il parlait :

— Oui, père Duval, j'avais mis de côté quelque argent sur mes gages, et, sachant que mon père n'était pas heureux, je lui ai envoyé mes épargnes, et je demandais à André comment allait ce bon père.

A peine avait-il terminé cet honorable aveu, que Duval le serrait dans ses bras, répétant :

—C'est bien, cela, mon enfant, c'est très-bien. Au même moment, Jacques accourait en s'écriant : — Les voilà! mon père, les voilà!

Bientôt après, la voiture de M. de Cernay

entrait dans la ferme, et l'heureux père en descendait précipitamment. Il s'avança vers Charles, tenant en main une bourse de cuir contenant la somme réunie par son fils :

— Merci, cher enfant, lui dit-il ; j'ai donc retrouvé mon fils tel que je le désirais ! je conserverai toujours ta pieuse offrande. Depuis que tu me l'as envoyée, elle a largement profité ; voilà ta fortune. Et il lui remit un portefeuille contenant le don considérable qu'il lui destinait.

— Maintenant, tu es digne d'en disposer ; monte dans ta chambre tu y trouveras une toilette convenable, et tu quitteras pour toujours ces vêtements.

Charles avait tout compris.

— Laisser ici ces vêtements ! non, mon père, ils ne m'abandonneront plus, ce sera un préservatif ; et si jamais j'étais pris d'un accès de vanité, si je pouvais de nouveau oublier mes amis (et il serrait avec tendresse la main de Jacques), la vue des habits du garçon de ferme me rappellerait à la raison.

FIN.

TABLE

—

FIN DE LA TABLE.

Limoges. — Imp. E. ARDANT et Cᵉ.

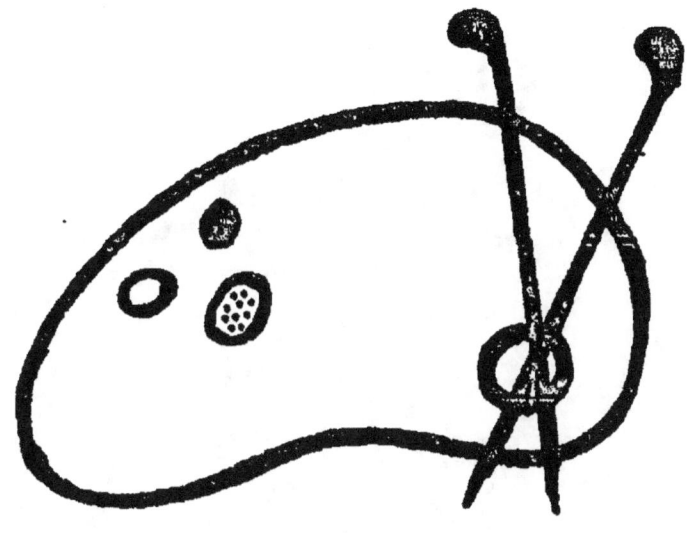

Original en couleur

NF Z 43-120-8